I0686690

CHASSE

PAR CHARLES PERRAULT

PARIS

LA CHASSE

POEME

Tiré à petit nombre.

Paris.—Imprimé chez Bonaventure et Ducessois,
55, quai des Augustins.

LA

CHASSE

POEME

PAR CHARLES PERRAULT

DE L'ACADEMIE FRANÇOISE

PARIS

CHEZ AUGUSTE AUBRY

L'UN DES LIBRAIRES DE LA SOCIETE DES BIBLIOPHILES FRANÇOIS

RUE DAUPHINE, N. 16

M.D.CCCLXII

PREFACE

*

DEPUIS quelques années, les Bibliophiles recherchent les livres *sur la Chasse;* nous pensons répondre à leur désir en réimprimant un des plus rares : le poëme de Perrault, non à titre de chef-d'œuvre, mais comme un vif, spirituel et amusant badinage. Si on en croit la tradition, Perrault, qui écrivait aussi facilement en vers qu'en prose, le composa en une seule soirée pour répondre à un défi qui lui avait été adressé.

L'auteur débute par une peinture des plaisirs de la Chasse, dont il vante les agréments, et il finit en retraçant les infortunes du chasseur malheureux.

Ses vers, bien que souvent négligés, sont d'une lecture agréable qui n'a rien de la monotonie du poëme didactique.

Le poëme de *la Chasse* parut pour la première fois en 1692, chez Coignard, imprimeur du Roi et de l'Académie. Il fut réimprimé dans le Recueil de l'Académie françoise de 1693. Puis, en 1729, à la suite des Œuvres posthumes de Perrault. (*Cologne, Pierre Marteau.*) Enfin dans le tome 1er des *Passe-temps poëtiques, historiques et critiques.* (*Paris, Duchesne, 1757.*)

Notre réimpression est la reproduction exacte de l'édition de 1692, dont nous avons conservé fidèlement l'orthographe. Le texte de 1757 est tronqué et beaucoup de vers sont altérés, probablement sous prétexte de correction, car l'éditeur dit que : « S'il y a quelque chose à désirer dans « l'ouvrage, c'est sans doute un peu plus *d'éco-* « *nomie et de précision.* »

HENRI CHEVREUL.

LA CHASSE

A MONSIEUR

DE ROSIERES

EPITRE

*

L_A *Chasse où vous vous délassez,*
Pendant les jours que vous passez
Dans vostre charmante Province,
Est sans doute un plaisir de Prince,
Un plaisir qui n'a point de prix,
Sur tout pour ceux qui dans Paris
Ont travaillé toute l'année,
Comme le veut leur destinée,

Et qui pendant les jours entiers
Ont eu le nez sur des papiers.

Quel plaisir quand l'Aube vermeille
Sur son lit de pourpre s'éveille
Et chasse les feux de la Nuit,
De sortir sans faire de bruit
Avec la Fidelle* *et* Moustache*
Qu'on vient de tirer de l'attache;
Pendant qu'à la faveur du frais
Et s'endormant sur nouveaux frais,
L'Espouse suit son premier somme
Et croit tousjours tenir son homme.

On sort, on marche, on tourne à droit;
Enfin dès le premier endroit
Où la bonne étoille vous meine
On voit s'élever de la plaine,
Ainsi qu'en sursaut éveillez,
Douze gros Perdreaux maillez,

---

* Noms de deux Chiens couchants.

En joüe aussi-tost on les couche,
Et par une assez rude touche,
Car le coup est des plus heureux,
Dans le chaume il en tombe deux;
Le reste va, passant la haye,
Se remettre en une ozeraye.
Là les pauvres effarouchez
Pensent s'estre bien retranchez,
Mais la Fidelle en diligence
Vous les poursuit, vous les relance,
Et les force à se mettre en l'air;
Le fusil plus prompt qu'un éclair
Désole encore la bande grise;
Ainsi de remise en remise
On les suit, léger et dispos,
Sans leur donner aucun repos,
Que l'on n'ait dans la Gibecière
Fait entrer la douzaine entière.

Ensuite, en prenant sur le haut,
On voit un frippon de Levraut
Qui se relève la moustache

Dans un creux sillon qui le cache,
On se glisse par les guérets
Et lorsqu'on en est assez près,
D'un petit bruit on le réveille,
Il tressaut, il dresse l'oreille,
Et dans ce moment à souhait
Le fusil luy donne son fait.

Cependant Moustache et Fidelle
Faisant tousjours la sentinelle
Un autre Lièvre ont découvert,
Et le talonnent de concert.
La Bête de près poursuivie,
N'obmet rien pour sauver sa vie;
Elle leur donne cent détours,
Ils la suivent; l'on croit tousjours
La voir dans leur gueule qui jappe,
Cependant tousjours elle échappe,
Et sort de leurs crocs courroucez
Pour quelques poils qu'elle a laissez.
Elle a beau courir, et bien viste,
Il faut venir mourir au giste;

Et bien-tost l'un des Prétendans
Vous la rapporte entre ses dents.

De là l'on passe à la Garenne
Où l'on abbat presque sans peine,
Et tant que l'on en ait assez,
Lapins de genêt engraissez
Qu'un valet met en gibecière,
Ou s'en fait une bandoüillère.

Ensuite pour avoir du frais
On descend le long du Marais,
Dont les saules et les aunettes,
Séjour éternel des Fauvettes,
Sont d'un agrément sans pareil
Dans la grande ardeur du Soleil.
Là se reposant à l'ombrage
De leur vert et sombre feuillage,
On voit au travers des roseaux,
Sur le tranquille sein des eaux
Nager les timides Cercelles,
Les noirs Pluviers et les Jodelles

Parmi de sauvages Canards,
Plus deffians que des Renards.
Sans bruit on s'ajuste, on les mire,
Et le coup qu'à fleur d'eau l'on tire
Disperse l'escadron peureux,
Pendant que cinq ou six d'entre eux
Atteints par la poudre mortelle,
Couchez sur l'eau battent de l'aisle.
Barbet qui sans estre attendu,
Là de luy-mesme s'est rendu,
Se jette aussi-tost à la nage,
Et faisant cinq fois le voyage,
Rapporte tout sans rien manger
Ny sans rien mesme endommager,
Tant l'art de celuy qui le dresse
A sçû luy donner de sagesse.

Cependant le déclin du jour
Oblige à songer au retour,
Plus encor la flâme intestine
D'une faim qui devient canine.
On revient, plus content qu'un Roy

Du Gibier qu'on porte avec soy.
On ne conçoit point cette joye;
Et je suis seur qu'Hector de Troye,
Chargé des Dards et des Ecus
Des Grégeois qu'il avoit vaincus,
Dans sa démarche triomphante
N'avoit pas l'âme plus contente.
Mais à quel point n'est pas charmé
Le goût d'un Chasseur affamé?
Dans le moindre mets qu'on luy donne,
Toute sauce luy semble bonne,
Surtout quand il met sous sa dent
Le Gibier du jour précédent;
Car pour celuy qu'il vient de prendre
Il se fait un plaisir d'attendre
Qu'il soit assez mortifié
Pour le monde qu'il a prié.

Ce monde est tout son voisinage,
Gentilshommes de haut parage,
Qui n'ont point de jours ouvriers,
Et nourrissent des Lévriers;

Tous ont ce qu'il faut pour la chasse
Fusils, Bassets, Furets, Tirasse
Et mesme les plus apparens
Ont la Meute des Chiens courans.

Sont-ils arrivez dans la salle
Où se doit faire le régale,
On sert sur table; et le Gibier
D'un air et d'un goût singulier,
A tout moment reçoit loüange
De chaque bouche qui le mange.
A l'exalter rien ne s'obmet,
Et rien n'égale son fumet.
Cependant quoy qu'il leur en semble,
Tous ont moins de plaisir ensemble
Que le seul Chasseur sur ce point;
Quand mesme il n'en mangeroit point.

Par tout alors est en campagne
Le pétillant vin de Champagne,
Le Maistre ne l'épargne pas;
Enfin dans le fort du repas

On propose une grande chasse
Qui toutes les autres efface,
Où, pour faire nombre de Chiens,
Chacun fasse amener les siens,
Où, pour estre bien assortie,
Les Dames soient de la partie.

On commence à s'inquiéter
Comment il faudra s'ajuster,
Où prendre just'aucorps et juppe
Et dequoy se faire une huppe.
On passe alors les jours entiers
A broder sur de grands métiers ;
Tel travail n'est pas fort utile
A prendre fauve ou volatile ;
Mais quand d'habits neufs et brillans,
Bien entendus, et bien galans,
Femme se pare en telles festes,
C'est pour chasser à d'autres bestes.

Le jour de la chasse arrivé,
Chacun, de bon matin levé,

2

Se trouve avec son équipage
Au rendez-vous dans le Bocage ;
Où se fait par ordre donné
Un magnifique déjeuné.
Dans le vin tout chagrin se noye
Et l'on se dispose à la joye.

Desjà dans vingt lieux écartez
Les Relais ont esté postez,
Desjà revenus de leur queste
Les Limiers ont fleuré la Beste ;
Et desjà les galants Chasseurs,
Non sans débiter des douceurs,
Ont fait placer sous des feüillées
Les Dames de neuf habillées,
Jurant qu'en ses derniers abbois,
Le Cerf viendra sortant du bois
A leurs pieds terminer sa peine ;
Chose pourtant fort incertaine.

Enfin se donne le signal
Pour faire partir l'Animal,

Il se lève un bruit effroyable,
Et qui pourtant est agréable,
De Chiens, de Chasseurs et de Cors,
Qui pénétrant dans tous les forts,
Fait tressaillir les Oréades
Et le chœur des vertes Dryades.

D'abord dans l'épais du taillis
On n'entend qu'un grand chamaillis,
Mais si-tost que sous la futaye
Le Cerf plus au large s'égaye,
On a le plaisir de le voir
S'élancer de tout son pouvoir,
Et quand il trouve des branchages
Plier son bois sous leurs feüillages.
Après luy mille Chiens courans,
Gris, noirs, isabelles et blancs,
De leur jambe viste et légère
Touchent à peine la fougère.
Ce spectacle vif et charmant
Ne dure presque qu'un moment.
Ils rentrent tous dans le bois sombre,

Et se dérobant sous son ombre,
Il n'en reste qu'un peu de bruit,
Qui bien-tost après eux s'enfuit.
Tantost le Cerf va sur des Roches,
Pour mieux éviter les approches
Des Chiens qu'il a sur ses talons;
Tantost il va dans des valons,
Ensuite il enfile la plaine,
Et dans d'autres bois il les meine.
Là par ruse et détours adroits
En défaut il les met trois fois,
Et trois fois avec mesme adresse
La sage Meute se redresse;
Le cœur luy manque, il bat des flancs
Et pousse les derniers eslans.
En vain à courir il s'excite,
Il sent que la force le quitte
Et qu'une impitoyable mort
Va bien-tost terminer son sort.

Enfin pour ressource dernière
Il se jette dans la rivière;

Il fend l'onde et ses deux costez
Tracent deux sillons argentez,
Qui derrière luy s'élargissent
Jusqu'à ce qu'au bord ils finissent.
Toute la Meute est en deffaut
Sans mesme en excepter brifaut;
Mais par les Chiens de l'autre rive
Il est reçû quand il arrive,
Et les flots qu'il a traversez
Roidissant ses jarrets lassez,
Non loin du rivage et sans peine
La Meute l'estend sur l'arène.
Les Dames qui dans ce moment
S'y rencontrent heureusement,
Quoy que bien-aises, sont fâchées,
Et voudroient, de pitié touchées,
Arrester le moment fatal
D'un si noble et bel animal.
Il est vray que d'une voix basse
Il semble leur demander grâce
Et dans ses mortelles douleurs
Les vouloir toucher par ses pleurs;

Mais des Chiens la trouppe inhumaine
S'abandonne au feu de sa haine,
Et les Chasseurs, cruelles gens,
Loin d'estre au beau sexe indulgens,
Des Mâtins excitent la rage
Et les animent au carnage.
Dans le mesme temps tous les Cors,
Par certains lugubres accors,
Du Cerf, dont on voit les entrailles,
Sonnent les tristes funérailles,
Et font sçavoir à tous les bois,
Que leur grand Cerf est aux abbois.

A ce bruit se mettent à nage
Tous les Chiens de l'autre rivage,
Et viennent de colère ardens
Donner aussi leurs coups de dents;
Les Veneurs qui de près les suivent
Sur le bord aussi-tost arrivent,
Et passent l'onde sans songer
S'il y peut avoir du danger;
Ils sont vingt dans une nacelle,

D'autres en ont jusqu'à la selle,
Et d'autres sans tant de façons
Passent l'eau comme des Poissons;
Tant les Veneurs ont tous en teste
D'estre à la prise de la Beste.

Dès que les Chasseurs ont réglé
Que le Cerf est bien étranglé,
Les Valets à grands coups de gaules
Sur les fesses, sur les épaules,
Font quitter prise à tous les Chiens,
Et chacun d'eux reprend les siens.
Une Voiture toute preste
Se charge aussi-tost de la Beste,
Et superbe d'un tel honneur,
La porte au Chasteau du Seigneur.

Le soir sous une belle ormoye
Le Cerf aux Chiens se donne en proye,
Après pourtant qu'on en a pris
Tous les morceaux les plus exquis.

Là les Dames en capelines
Et tenant en main des houssines,
Frappent les Mâtins sur le nez
Pour les rendre moriginez,
Lors qu'en mangeant mal ils s'accordent,
Ou qu'en grondant ils s'entremordent.

Enfin tous ces divers ébats
Se ferment par un grand repas,
Où dans l'ardeur de l'allégresse
Chacun fait valoir son adresse.
Sans moy, dit l'un, je suis certain
Qu'on eust chassé jusqu'à demain,
Par deux fois dans la patte d'oye
J'ay remis les Chiens sur la voye.
Bon, dit l'autre, et si dans le bois,
Où le chemin se fourche en trois,
Je n'eusse fait tourner à droitte
Dans la route la plus estroitte
Où le Cerf s'estoit arresté,
Où diable en aurions nous esté?
L'on dispute, l'on fait fréric

On boit, plus l'on boit, plus l'on crie.
Et sur le déclin du repas
L'on parle et l'on ne s'entend pas.
Le jour venant on se retire,
Plus content qu'on ne sçauroit dire.
Chacun a bien fait son devoir,
Et l'on brûle de se revoir;
Cette Chasse n'a point d'égale
Et depuis Narcisse et Céphale,
Héros Chasseurs du temps passé,
On n'a jamais si bien chassé.

Voilà de vos belles journées;
Et de vos Chasses fortunées,
Les peintures que je me fais,
Quand mon esprit est bien en paix,
Et que son œil en toutes choses
Ne voit que des lis et des roses.
Mais comme un homme un peu rimeur
N'est pas tousjours en belle humeur,
Je vous confesse que ma bile,
Le prenant sur un autre style,

3

Me fait dans de certains momens
Des mesmes divertissemens
Une image bien différente.

Est-ce une chose fort plaisante,
Dis-je parfois en y pensant,
Et dans mon esprit repassant
Les maux, les fatigues , la peine
Que l'amour de la Chasse amène
A qui s'en est laissé saisir ?
Est-ce, dis-je, un fort grand plaisir,
Lorsque l'on dort du meilleur somme
Que peut jamais dormir un homme,
D'estre tout à coup réveillé
Et cruellement tiraillé
Par un pauvre ami que harasse
L'inquiet démon de la Chasse?
On ne s'est couché qu'à minuit,
On est las, l'Aube à peine luit,
Mais cet ami peu s'en informe
Et veut, parce qu'un Lièvre en forme
L'attend, dit-il, dans un buisson

Que l'on se lève et sans façon.
D'une main foible et languissante,
De somme encore toute pesante,
On chausse ses bas à l'envers,
On se boutonne de travers,
On baille, on se gratte l'oreille
Et puis enfin l'on se réveille.
Ainsi vestu diligemment
Et sans inutile ornement,
Il faut se mettre sur l'épaule,
Non pas une légère gaule,
Mais un Fusil long et pesant
Qui mis de travers, et posant
Sur l'os qui joint la clavicule,
A moins qu'on soit fort comme Hercule,
Se fait cruellement sentir
Et cause un secret repentir.
Mais est-il Chasseur qui refuse
De se charger d'une arquebuse?

On sort, et sans faire d'écarts,
(Car c'est un Levraut de trois quarts

A qui l'on va casser la teste)
On s'achemine vers la beste.
Près du giste on se va coulant,
On n'en approche qu'en tremblant,
Dans les broussailles l'on se plonge,
On se racourcit, on s'allonge,
Mais au lieu du Lièvre peureux
On ne trouve qu'un buisson creux.
Qui veut le voir en sa demeure,
Y doit venir de meilleure heure.
En s'éloignant de cet endroit
On va par un sentier estroit,
Dans des vignes bien allignées
Se brider le nez d'araignées,
Et mesme par trop se pressant,
En gober quelqu'une en passant.
On ne rencontre âme qui vive,
Hors quelque Merle, ou quelque Grive.

Il faut aller en d'autres lieux
Chercher quelque chose de mieux.
Maintenant que toutes les plaines

De mille grains tombez sont pleines,
Chaque sillon, chaque sentier,
Y doit regorger de Gibier.
On descend, et l'on fait la ronde
D'une grande Campagne blonde,
Sans estre payé de ses soins;
Mais, lorsqu'on y pense le moins,
Trois Perdrix en battant des aisles
Partent de dessous des javelles.
On les mire, le Chien s'abbat
Et chaque fusil prend un rat.
Que faire? aller à la remise
Seroit une vaine entreprise.
De leur premier vol toutes trois
Elles ont attrappé le bois.
Après avoir repris haleine,
On arpente encore la plaine,
On cuit. C'est un Soleil ardent
Qui ses traits à plomb va dardant,
Mais d'une force si cruelle
Qu'on se sent boüillir la cervelle,
Du moins on croit qu'elle se fond

Et se distille par le front.
De poudre on a la bouche pleine,
On râlle, on crache de la laine,
Encore à peine la peut-on
Pousser plus loin que son menton.
Une Mare alors découverte
Vous présente sa bourbe verte,
Mais c'est un nectar ravissant
Dans l'aspre soif que l'on ressent.
Un sauvage Oyseau de Rivière
Construit de bizare manière,
Parmi les joncs et les glayeux
Frappe inopinément les yeux.
Il faut l'avoir. Sur un vieux saule
On se glisse, on passe une épaule,
Le coup est prest d'estre donné;
Mais l'arbre que l'âge a miné,
Sous l'homme, du bord se sépare
Et tombe avec luy dans la Mare;
L'Oyseau s'envole et le Chasseur
Plein de bourbe et tranci de peur
Se tire en gagnant le rivage

De son sale et boueux naufrage.

Ce jour estoit malencontreux,
On sera demain plus heureux ;
Point du tout. Avec grande instance
Un Gentilhomme d'importance,
Luy mesme est venu convier
D'aller manger de son Gibier,
Qui désormais un peu trop tendre
Se gaste et ne peut plus attendre,
(Pour bien dire la vérité
Il estoit desjà tout gasté.)
On va dans la Gentilhommière
Qui tient un peu de la chaumière,
Sur la porte l'on voit d'un Loup gris
La teste et deux Chauvesouris,
Dans la cour, où, dès que l'on entre
On a du fumier jusqu'au ventre,
Trois Cannes avec un Oison
Font les honneurs de la maison,
Par leur chant nazard et champestre.
On rencontre bien-tost le Maistre,

Qui joyeux et plein de bonté,
N'a que trop de civilité.

A peine a-t'-on servi sur table
Que du rost l'odeur détestable
Vient par mille endroits détournez
Faire la guèrre à tous les nez.
Quatre grands Lapins qui s'estalent
A puer de loin se signalent.
Mais plus que tous un vieux coquin
Dont l'estomac de bleu turquin
Exhale une infernale haleine;
L'Hoste qui de fine garenne
Le croit, et le veut garentir,
A ses Voisins le fait sentir,
Et du cul de la beste immonde
Frotte le nez à tout le monde.
Le lendemain dans la forest
Avec un magnifique apprest
Se doit faire une grande Chasse,
Il n'est rien que chacun ne fasse,
Pour donner à ce doux plaisir

Tout ce qu'invente son désir.
Mais en mesme temps la fortune
Moins souvent bonne qu'importune
S'estudie à l'assaisonner
De tout ce qui peut chagriner.

Dès le soir une grosse pluye,
De vents, et de gresle suivie,
Tombe dans tous les lieux voisins,
Fait des lacs de tous les chemins,
Désole tout, et par tout change
La terre grise en noire fange.

La pluye a beau tousjours cingler
Il ne faut pas laisser d'aller.
Les Chevaux jusqu'au ventre enfoncent,
Les plus vigoureux y renoncent,
Ou trébuchent à tout moment ;
Les Chiens n'ont plus de sentiment,
On ne connoist plus les brisées,
Et les Dames sont défrisées.

Icy l'un tombe, ayant glissé
Sur son fusil, dans un fossé,
Et donnant du front sur la crosse
Se fait une effroyable bosse,
Avec un trou, mais sans chagrin,
Quatre gouttes d'esprit de vin
Guériront la bosse et la playe;
Un autre en forçant une haye,
Et des branches peu se gardant,
Soulffre un plus fâcheux accident,
Une épine qui se relève
Luy donne dans l'œil et le crève,
Mais qu'importe? à quoy bon deux yeux?
Qui n'en a qu'un en vise mieux.
Icy sur un Lièvre qui passe
L'un prend un rat de bonne grâce,
L'autre qui ne tire pas bien
Manque le Lièvre, et tüe un Chien.

De tous costez on est en queste
Pour trouver le fort de la beste,
Mais en vain l'on cherche par tout

On n'en sçauroit venir à bout.

Les Veneurs à perte d'haleine

Traversent le bois et la plaine

Et sont dans un cruel souci,

Les Dames galoppent aussi,

Deux ou trois font la culebutte

Et sont heureuses dans leur chûte,

Selon qu'elles ont de blancheur

Ou d'embonpoint et de fraischeur.

La nuit survient, on se retire,

De honte on n'ose se rien dire,

On peste, et le plus vieux Routier

Maudit luy mesme le mestier.

Par une Chasse si bizare

Que pour m'égayer je vous narre,

N'allez pas vous imaginer

Que je veüille vous détourner

De cette agréable manie

Où se porte vostre génie,

Et dont les peines et les soins

Ne sont pas ce qui plaist le moins.

Dans le monde tout est de mesme;
Rien ne déplaist dans ce qu'on aime.
Un Plaideur est en Paradis
Quand il fournit des contredits,
Ou nouveaux moyens il expose,
Soit qu'il gagne ou perde sa cause.
Combien de Bourgeois, de Marchands,
Coëffez de leur Maison des champs,
Quoy qu'un Seigneur les contrarie
Sur leur eau, leur bois, leur prairie
Et leur fasse cent mauvais tours,
Y vont et s'y plaisent tousjours.
Un Amant qui dans son martyre
Sans cesse gémit et soûpire,
De celle qui retient son cœur,
Chérit tout jusqu'à sa rigueur.
Ceux qui cheminent vers la gloire
Par les sentiers de la Victoire,
Vont gayement et sans rechigner
Tous les jours se faire échigner,

Par gens contre qui de leur vie
De se battre ils n'eurent envie,
Et qui peut-estre dès demain
Viendront leur toucher dans la main.
Un bon faiseur de Commentaires,
Qui dans quelques vieux exemplaires,
Après s'estre long-temps tué
Trouve un mot mal accentué,
Enchanté de sa découverte,
De son temps ne plaint point la perte.

Moy, qui n'aimant Chasse ny Chiens,
M'acharne sur les Anciens
Puis-je alléguer une folie
Plus bizare et plus accomplie?
Que sert et qu'importe en effet
Que Virgile ait bien ou mal fait?
Qu'Horace ait sçû dans sa Satyre
Adroittement ou non médire?
Mille gens et fort à propos
Sur tout cela sont en repos.
Pourtant, quand au gré de ma ratte

Je puis donner un coup de patte,
Ou serrer un peu le bouton
Au mielleux et divin Platon,
Ou quand mon Abbé* téméraire
Fait voir le bec jaune d'Homère,
Je ressens des plaisirs bien doux,
Et peut-estre non moins que vous,
Quand mesme d'une seule balle
Vous troussez un Chevreüil en malle,
Ou lors que dans un traquenard
Vous prenez quelque vieux Renard.

Poursuivez donc et de la Chasse,
Qui jamais ne vous embarrasse,
Goustez-bien toutes les douceurs
Vous, le plus sage des Chasseurs.
Bonsoir, puisse cette folie
Par endroits vous sembler jolie

A Paris, ce 14 Septembre 1692.

---

* Un des personnages du Dialogue du *Parallèle des Anciens*
et des Modernes.

Achevé d'imprimer

le 25 juillet 1862

PAR BONAVENTURE ET DUCESSOIS

POUR

AUGUSTE AUBRY

EDITEUR A PARIS

www.ingramcontent.com/pod-product-compliance
Lightning Source LLC
Chambersburg PA
CBHW061705180626
46818CB00003B/1272